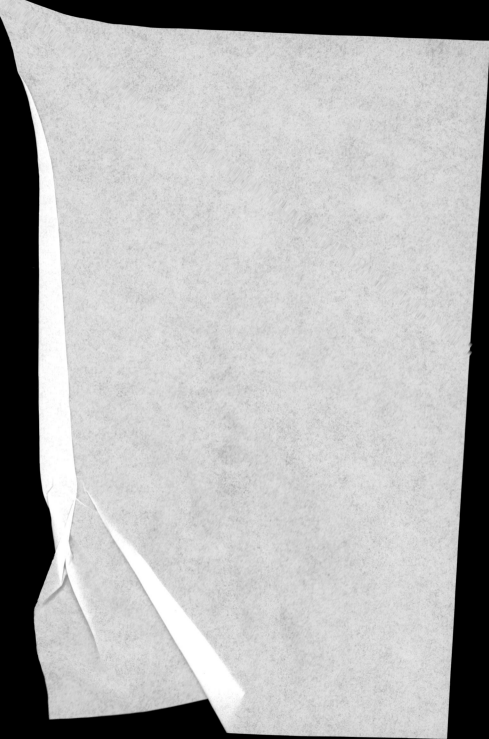

歌集

それぞれの桜

三枝昂之

Takayuki Saigusa

現代短歌社

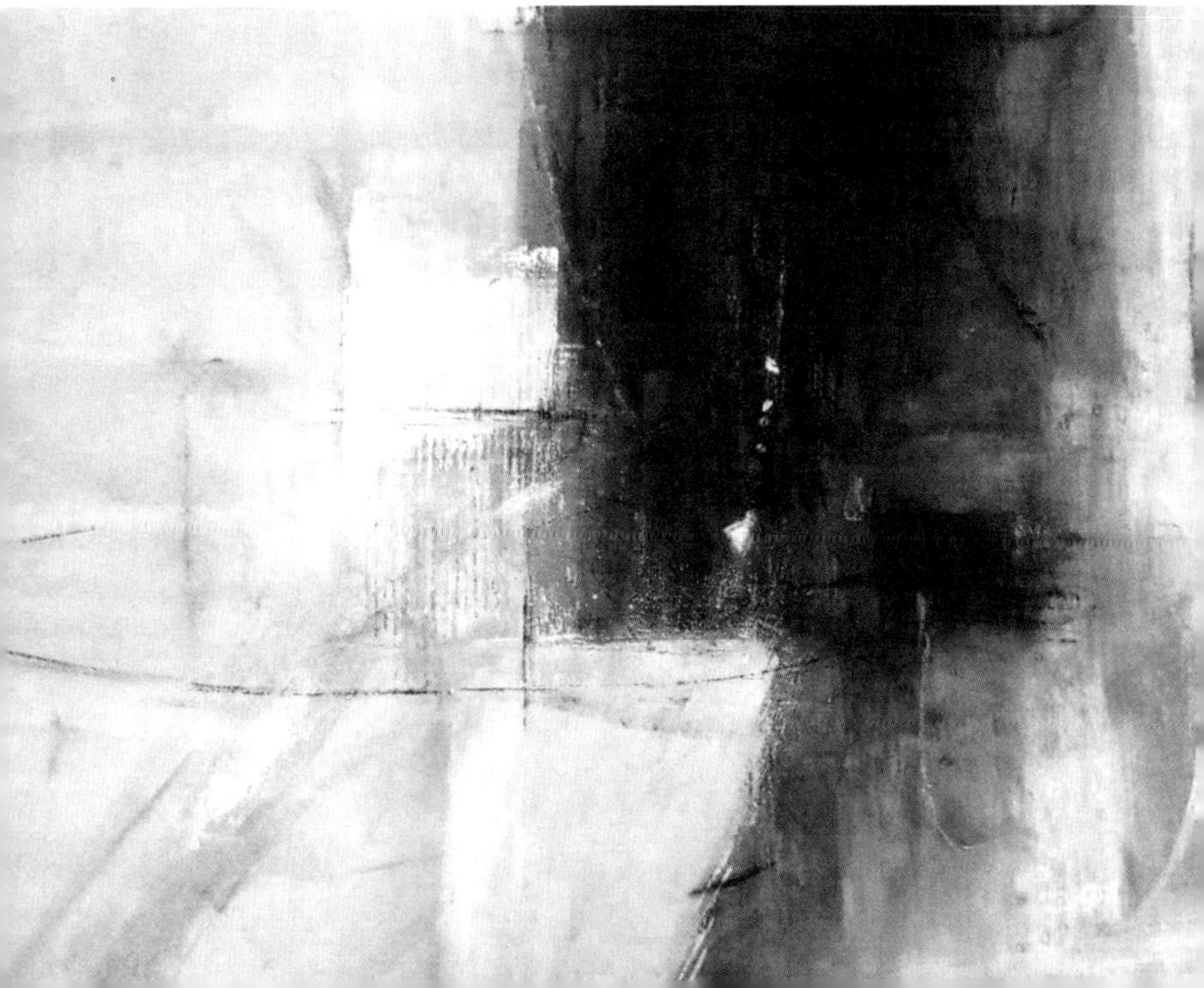

目次

装画・内藤裕子
装幀・間村俊一

それぞれの桜

一部

白樺

まず水が流れて遅き春を呼ぶ巨摩《こま》の郡《こおり》の清春村に

清春は富士と南アルプスを望む里桜並木と湧き水の里

遠き日の村立清春小学校五十四名が学びて閉じき

小学校跡は清春芸術村となった

二メートル半の「親指」がぬっと待つ清春白樺美術館前

創刊号は四十二ページ「白樺」の百六十冊が窓辺に並ぶ

〈白樺は一言一句贅文なし〉青けれどよき大正の夢

まだ細き白樺の木が立っている創刊号の表紙の野辺に

男臭き悲哀のまなこ生きることの根を問いかけるルオーのイエス

「白樺」の大正七年五月号人間らしい暮らしへの道を実篤が説く

〈新しき村〉という夢潰えても潰えてもなお人が見る夢

失敗をむしろ望むと綴りたる有島武郎を思いいづるも

高原の午後の光が届きたり白樺一樹一樹の幹に

自画像のなかの実篤七年の苦闘とどめぬ善き翁なり

白樺美術館は朽ちたる夢の続きだろうここにきて人は夢と向き合う

終刊は大正十二年震災が時代の風を変えてゆく年

白樺林に二つの椅子が並びたり座りて誰かの夢を聞きたり

つかの間の花と年々咲くだろう廃校跡の桜並木が

青空と富士を眺めて粉《こ》を吹ける晩秋初冬は枯露柿の里

約束の地はなけれども秋天は甲斐が嶺が抱く遠き青なり

山峡を釜無川へ富士川へくだりて駿河の海となる水

晩秋の空の無窮に身を沈め夢の続きは次に来て見る

東風平

駅のない頃の沖縄思いつつ壺川駅の夜に降り立つ

満月とメールを送り窓に寄りオリオンビール二本をあける

ホテルではワインかビール街の灯とドライフルーツ独りの宴

若きらの声が行き交う首里の丘慶良間諸島が沖に浮きたり

案内は平山良明氏ひめゆりの死線をたどるこのたびの旅

声高き『沖縄ノート』を携えてわれは青春を歩みはじめき

自決命令はあったであろう母たちは慶良間の谷で聞いたであろう

自決命令はなかったであろうさりながら母の耳には届いたであろう

声はやはり届かぬだろう樹々の声潮騒の声死者たちの声

わたつみのいろこのみやを思わせて濃淡青し島々を抱く

ひめゆりの少女が坂を駆け上がる声をかけ合い息を切らして

ひめゆり平和祈念資料館館長の島袋淑子さん

「戦争はダメです」声に力ありひめゆり部隊の八十五歳

語り継ぐ使命のもとに遠く生き背筋正しく今日語りたり

東風平《こちんだ》は人の名、地の名東風平というひめゆりの音楽教師

鍵盤を机に描いて学びたる「別れの曲」の東風平恵位《こちんだけいい》

さとうきびの向こうに摩文仁の丘が見えそこから無窮の青が広がる

新しき碑《いしぶみ》となり名がならぶ終わることなきこの丘陵に
（平和祈念公園）

東風平《こちんだ》を過ぎて南風原《はえばる》沖縄の空を感じるよろしき響き

「沖縄はバブルなんです来るんですどんどん降って膨らむんです」

ああ辺野古　青き水辺に春秋を積みて暮らしの人は苦しむ

就職率もっとも低き沖縄の高校生の瞳を思う

沖縄は沖魚場《おきなは》、はるか遠い場所　本当に日本でいいのかどうか

カチャーシーを歌って踊ってかき回しウチナンチューの夜は尽きない

それぞれの桜

故郷

桜もち食めば幼きわれとなる無常をいまだ知らない春の

佐美雄とのさくら悪友とのさくらむかしばかりが寄り添うさくら

新しき説をうべない〈甲斐は交い《か》〉さくらも桃もすももも咲いて

雨に散るさくらであったたらちねの母が身罷りし十五年前

花びらが身体髪膚に零《ふ》りかかるいつの時世《ときよ》の男かわれは

また呼んでいるだろうわがケータイが武田神社のさくらの下で

但馬

餘部を越えて浜坂はろばろと歌のえにしの前田純孝

浜坂は恵みゆたかな水の町海の青さに抱かれる町

泰雲寺に二百五十年の桜あり鉄《くろがね》となり今年を咲きぬ

鉄となる幹から枝へ枝先へいのち枝垂れて咲きたる桜

夢千代像は吉永小百合春来川の橋のたもとに唐傘を持つ

大根となるまではしゃぐ乙女あり湯村の里の足湯に四人

まなうらに花を咲かせて湯にしずむ鉄となりなお咲きつぐ桜

洛北

一本のさくらが咲けば集まりぬ暮らしそれぞれの歌びと五人

門前に控えるジャガーの濃きグリーンもうふた月は洗っていない

なかば散り今宵はわれに散りかかるあるじを一人亡くししさくら

河野さんの知らぬみどりごはよき子にてじっと見つめてそれから笑う

仁和寺の遠きひと夜を思いだす隆、一彦、和宏、裕子

壊れやすき命が紡ぐ歌あればこころに呼びてそして語らず

「読者論」書き下ろすべしそう説きてあとはワインの酔いにまかせる

集まりてひと夜を愛でて別れゆく京都長谷《ながたに》今年のさくら

海山はあいあいとして沈みたりどこにも行かぬ私にもどる

九丁目の雨やどり

よく雨となり春学期終わりたり大隈侯に会釈して辞す

天が下の政経学部といいたげな高さは中味であるのかどうか

ご無沙汰が長生きの秘訣　章一郎先生の笑みを思い浮かべる

変わったとも変わらないとも見渡して若さ拙き高田馬場は

新宿はあふれるちまた折りたたみ傘をひらきてひとりに戻る

「浅川」が「高尾」に変わるゆえよしを思いて雨の多摩川越える

良しは悪し　身を傾けて耐えている七月の雨を加える水に

折れそうな一本足で傘をさす雨の芝生のキコガサタケが

空合いに追われるように今日ひと日静夫さん一家が青梅をもぐ

雲行きをはかりて五時の丘に出るイオンウォーターとガラケー持ちて

「ただいまっ」と駆け込んでゆく　少年の四肢はいつでも声から走る

まず樹々がさわぎはじめて雨走るファミリーマートを丘の起伏を

走ろうかひと筋越えて坂下の九丁目には大楠がある

おのこごが傘を抱えてわれを待つ二十五年前の新百合ヶ丘駅

あらかたは収穫終えてなお残る青梅を打ちはじけ飛ぶ雨

七本のキバナコスモスはまだ咲かず丈をのばして競いて揺れて

鳥たちのための大皿鳥は来ず昨日の雨に今日の雨降る

雨音を聴きながら食むどら焼きは三時に半ときほどを遅れて

しんしんと雨の匂いにつつまれてぬばたまはもう滅びたる闇

永遠のなかのいち日信綱の『歌之栞』をかたわらに置く

百日紅の日々

まず植えし百日紅《ひやくじつこう》と花水木そして始めき暮らしの四季を

剪定は無用とばかり枝広げやがてほどよきひね木となりぬ

この丘と決めて二人は移り来ぬさねさしさがみと武蔵の境

子が生まれやがて子が去りこの丘に積もる歳月三十二年

折々にあいさつ交わすいくたりも見えずなりたりいつとは知らず

台風の去りたるあとの枝葉敷き丘のいずこもひかり澄みたり

ほど近き早野の丘にはまだ行かず小中英之眠れるところ

岐阜の短歌セミナー公開座談会「春日井建と現代短歌」

よき声のよきまなざしのカラオケを思うことあり春日井建の

時間との闘いの日々なのだろう加藤治郎は声やや弱き

是非の無き命生き切り世を去りぬ姿こよなき歌を残して

春日井建語り終わりて孤に戻る濃尾平野の大夕焼けを

新百合山手中央通り

駅前のアートセンターに並びたり「大いなる沈黙へ」の午後のひととき

窓に寄り神と食事をする男フレンチ・アルプスの峰々が抱く

青空を刺す山巓のいつくしきおそらく神は御座すであろう

雪が降り草木が芽ぐみ火と燃えて男らが積む祈りの外に

街なかの人に戻りて市井には御座さぬ神を寂しむわれは

新しき暮らしゆき交うこの街に紅葉葉楓《もみじばふう》が色を深める

神の来ぬ暮らしを生きて夕べにはえのころぐさの光に揺れる

瞑想の百日紅《ひゃくじっこう》に戻りたりこうしてわれは歳月を積む

はがくれ

ひろらかに海と溶け合う流れあり肥前の空を舞い降りるとき

河口にはむつごろうランドと滑走路沖へ広がる佐賀海苔畑

大いなる筑紫次郎は国四つ繋ぎて遠き一滴は阿蘇

日本住血吸虫症

肥前の筑後甲斐の笛吹苦しみの川でもありき宮入貝の

佐賀流行病と呼ばれて長き戦いの終息は十五年前と聞きたり

鉄道こそ文明開化と走りたる大隈重信、原点は佐賀

佐賀に来て語りはじめる朝ドラの花子と白蓮とりわけ燁子

白山の橋を渡って路地に入り「花とおじさん」はどこかの二階
カラオケがすぐに始まる「ひのくに」の山野吾郎が口火を切って

その父の曲折なども憶いつつ永田淳の「時代」を聴きぬ

促されやむなく立ちて歌いしは赤木圭一郎ではたぶんなかった

耳だけが酔いの遠くで聞いている夕べの秘密はどんな秘密か

短歌から歌へ踊りへ九州の集いは今日が果てても果てず

親不孝通りと呼ばれているそうなそんな気分の佐賀の夜である

有明のシチメンソウに会いに行くボルボのセダン二台連ねて

晩秋の「干潟よか公園」は空と海シチメンソウの命の赤さ

赤潮の影響も懸念されると聞くが
ジャンプしてムツゴロウは挫けない蟹もシチメンソウも挫けない

苦界浄土という不屈あり見はるかす島の彼方の不知火海に
海と大地を繋ぎていのち育める有明海の干潟こよなし

島原が対岸に浮く空港に一人長崎ちゃんぽんの昼

若葉へ動く

千葉、ホキ美術館の野田弘志展

肩、鎖骨、乳房、ほぞ、腰　あまたなる起伏を持ちてあめつちに立つ

（聖なるものTHE－I）

一対という宇宙あり巣のなかに触れ合う卵おみなとおのこ

（聖なるものＴＨＥ－Ⅳ）

左手に右手を添える　てのひらが手の甲が世界の温とさとなる

（掌を組む）

空を指しゆるぎなきもの山巓に雪をきびしくいただきながら
（蒼天）

余剰なき永遠として写しとる常なきものの命の核を

今年は琉球処分から百四十三年になる

はるかなる海上の道濃淡の瑠璃が抱ける白波の島

あしたには季節の風を帆に孕み海の無窮へ発ちたりむかし

夕べにはすなどる背《せな》を促して黄金《こがね》に染める干瀬《ひし》の人生

「粛々」とはおごそかなさま昨今の政治が汚しつづける言葉

多摩丘陵折々

青空にコナラの芽吹き点じけりいまだ開かぬ嫩葉なれども

昨日今日芽吹く力となる樹々の多摩丘陵が若葉へ動く

てのひらに畝わたる風丘陵の起伏のままに麦青みたり

芽吹きたるコナライヌシデ炭焼きの祖父を染めたる若葉を思う

キャンパスは銀杏若葉となりにけり季節は力、齢は力

無窮

上田から二度乗り換えて登りだす塩田平を振り返りつつ

たたなづく青垣山にこもりたる信濃の国は命濃き夏

草深き丘にひと筋の道ありてたどれば小さきドアが迎える

朽ちながらわれを見つめる飛行兵ドア押して一歩入りたるとき

見つめ合うまなざしがある寒蟬の聞こえるような瞳の奥に

（「静子像」）

生きていれば九十五歳自画像のくわえ煙草の自意識がよき

戦死あり戦病死あり爆死あり消息不明という命あり

「繕う」の太田章は戦死せり国が〈転進〉を重ねたる頃

徳山に「はつもみぢ」とう酒造あり長男を南溟に喪いたりき

藁塚を月の光がつつみたりなんとしずかな地上であろう

（「月夜の田園」）

切株となりて学びを支えたる大欅あり故郷の庭に

編みものをする婦人、帯留め、母の顔　みんなしずかな暮らしであった

翁ともみえるまで朽ち少年のつぶらを左目はとどめたり

（「飛行兵立像」）

特攻という一点の空　少年は無窮の翼だったはずだが

やわらかきおみなの起伏裸婦像という止みがたき青春五点

絵葉書を一葉求む月光の刈田を描く椎野修の

浅間山はほのかにかすむ夏姿人の戦中戦後の外に

ユーミンの「ひこうき雲」が思われる空よこころの置き場所がない

山々はあい重なりて緑濃き修那羅峠はいずこか見えず

裸婦像ののちを生きたる歳月を思う東京の雨を仰いで

二部

多摩丘陵・冬

ゆずの大馬鹿

冠雪の富士にこころを新たにす耳順を過ぎし少年われは

まずは注ぎ杯を合わせて甲斐が嶺のほんのり温き「粒粒辛苦」

露の世のこころともかく言葉にす一月三日わが生れし日に

多摩川は枯れ草の界釣り糸を垂れて男が風景となる

対岸の時々刻々や株式は今日安値九時、九時半高値

ゆずの大馬鹿十八年のゆずぞよしゆっくりゆっくり大馬鹿でよし

メールにてわれを去りたる一人あり静かな静かな過ぎゆきである

蕗の薹ゆうべの膳にそえられて孤高の人にはやはりなれない

思うことなきときに酌みありて酌む遠き肥前の「六十餘洲」

ヒーター

机上まで届く冬陽にひとりなり誰がいないか誰は居るのか

見えることはどれほどもない　丘陵の坂をくだりてゆっくり戻る

河野裕子お手製と貼りし梅酒あり所沢時代の庭の梅の実

もう午後の仕事がわれを呼んでいる寒卵を割りご飯にかける

丘陵の起き伏しに沿うこの町はみな雪を抱く屋根となりたり

小寒を大寒をわが歌びとはヒーターに肘立てて越えゆく

干し芋をあぶりてちぎるただ独りわれが残れるこの世の卓に

紅梅はたぶん明日にはほころびる風花が舞う空の青さに

龍太忌

トーストに蜂蜜を塗る単純にまず食べそしてそれから生きる

晩年の龍太の孤独　お玉杓子はしょせん蛙の子という孤独

言葉あるは切なきことと思いたり若き日も今日も富士が見ている

動き出しまた滞る淡雪の机辺の暮らし龍太忌過ぎる

多摩丘陵・春

一所

朝ごとの温泉卵にわとりの声を聞かざる平成の世に

根の国の母なつかしむ風情なりお地蔵様が眼を閉じる

レミオロメンの「3月9日」遠き日のすずかけの木がこころに揺れる

樹の肌に一本ずつの温みあり春夏秋冬一所の温み

一所一生遠くなりたるこの国の三月淡き光をあゆむ

茂吉の里へ二〇一一年

川に沿い国の奥へと入りゆく「つばさ」は四肢をくねらせながら

三吉山葉山重なる山々の守谷少年を育てしみどり

木立の中の茂吉胸像治者のなき日本の春を遠く来て会う

武家屋敷四軒ならぶ斜向かい作兵衛とうふ店本日休業

ひこばえの沢庵桜わが丈を越して五月の葉ざくらとなる

われをのせ遠のく「つばさ」水張田はやがて早苗田青田の光

みちのくの山河信ぜよ全力で生きよと茂吉のふるさとがいう

皐月闇

糸口の見えぬは常のこととして葉桜闇が追いかけてくる

五月なり初声こぼれはろばろとわれに歩みてくるまでの空

妻のあるおのこ夫のあるおみな青梅ふとる皐月闇なり

多摩丘陵・夏

空の水

音楽をサザンにかえて夏を呼ぶどこにも行かぬ夏がまたくる

一行の返信打ちて機をたたむ椎がほのかに香り出す闇

夏空に少年の日のわれがいるパソコンの手をしばらく止める

椎の木の木蔭に並ぶ肩と肩男と女はそれだけでよき

まだ空はいつでも飛べる　パソコンを消して独りの闇に鎮まる

月を待つ

また揺れて「また」の暮らしを重ねゆく七月八日九日十日

津波警報流し続けてさらわれしおみなあり渋谷の街に思ほゆ

哀楽は措いて連れ立つ二十日月渋谷の街を多摩丘陵を

メールして三日　男の二十代夏はそんなに忙しいのか

とりあえずビールを頼む長い長い長い暮らしを空に預けて

逝く夏を吾妻橋たもとに惜しみたり月は待つがもう人は待たない

東京

東京は孤独になれぬ孤独ありともかく空に季《とき》が行き合う

ああ富士、と洩らしときじくの人となる都庁第一第二のあいだ

デジカメのなかに微笑む首筋が否応のなき六十九歳

今もなお父母《ちちはは》おわす深空《みそら》あり折々仰ぎこの地を生きる

多摩丘陵・秋

遠き声

竹筒に鋏物差し夜の秋は星菫という若さに戻る

かの人は桜紅葉の奥だろう眼を閉じ耳をそばだてて逢う

逆立ちをして眺めたるかの夏の地平　まばゆき歌のはじまり

億年のひと日ひと日が降り積もり死者は私を思い出さない

違うところへ行ってしまった　雪のようにわれをさいなむ遠き声あり

遠くまで行った夢だよ　トーストを焼いて渡して連れ合いに言う

「ようやく」と季節移ろう雨を見るかたえの人も窓辺に寄りて

玄関の月光を踏むそしてわが今日一日を小さく払う

部屋着

ＭＯをドライブに挿しおもむろに昨日のわれを今日へと繋ぐ

『日本史年表』第四版は三歳を餓死させし夫婦逮捕で終わる

秋分や会いにゆきたき父母あれど浮き世の今日のため明日のため

長袖に部屋着を替える年齢はこんなところに敏感になる

こすもすが無心にゆれる　歌という永遠《とわ》のひかりに応えるように

どのような配慮であろう「気をつけろし」ただそれだけのメールが届く

銀杏の樹下のモノローグ

百年前の黄葉は今日を降る黄葉大隈講堂脇に銀杏立ちたり

「労働者・学生・市民を結集し」まず定型を抜け出よ言葉

急ぐ人ふり仰ぐ人キャンパスの若さを染める銀杏黄葉は

むこうから三枝青年がやってくる脇目ぐらいは振ればいいのに

若葉の銀杏黄葉の銀杏遠き日のわれが見ていたものが見えない

「楠亭《なんてい》」に遅きランチをひとり摂る日替わり定食Bの天丼

特急を二つ目で降り乗り換えて三つ目そして私に戻る

ひとつずつことをなしつつこともなきひと日となりし霜月二十日

*

父

父の亡き世を五十年歩みたり霜をいただくおのことなりて

薬師、観音、地蔵、甲斐駒一つずつ指差す甲斐の兄弟五人

十三歳で歌をはじめて四年経て関東大震災に父は遭いたり

どのように震災と遭い詠いしか遺歌集になき声など思う

発端に父の歌あり四男の高校入試を案じたる歌

病弱の四男はこうして歌を詠み古稀へ三年の日々であります

たぶんもう集まることのなき五人甲府盆地へそれぞれ下る

寸沢嵐

萩かおる石老山《せきろうさん》に眠りおり龍介燁子長男香織

義光院清秀香織居士となる学徒あり戦死は敗戦四日前なり

寸沢嵐《すわらし》は山あいの村コスモスが黄花コスモスが道沿いに咲く

津久井郡寸沢嵐村が「さがみん」の緑区となるまでの歳月

ハーグ派

十九世紀の原野や空に会いに行く山梨美術館昼のしばしを

半身の虹がほんのり架かりたりオランダ・ハーグ派展の一枚の野に

地に生きる者の祈りを思わせて野の遠景にクルスが尖る

「ハールレムの風景」の雲に立ち止まる暮らしはこうして千年続く

ハーグ派は空の詩人と思うまで地平が空と溶け合う世界

天然水

ねんごろに富士を眺める忙しきひと日終えたる夕べの庭に

女湯のたぶん四人のなごむ声甲斐もどうやら春の宵なり

ダメだダメだダメだダメだダメなのだ　今日は何度も茂吉が叱る

滞る昨日の私でもあろう南アルプス天然水が机上に残る

文学館の枝垂れ桜が見頃です　メールが届く暮らしの隅に

うたた寝をして欠伸してストレッチして忙しい春が近づく

電話機が「山梨からです」と告げて鳴る手をのばすまでふた呼吸置く

アカシヤの蜜をすくいて含みたり妻と二人のあしたの卓に

ブリュッケ

はろばろと学問の道そして歌　滝本賢太郎の「遠遊」を待つ

ハイデルベルクのベルクは山のことらしい山と向き合う暮らしとなろう

遠き日のブリュッケという同人誌二年はもたぬ若さであった

ブリュッケはおのれ独りで渡るべし故旧の声を風に聞くべし

お茶の水は雨脚の街「獺祭」を酌みて壮行会終わりたり

石下二〇一五年

水電気交通半ば　濁流が淩う暮らしと電話が告ぐる

没後百年は今年の二月雨繁き石下へあまた人集いたり

鬼怒川は長塚節の歌枕棹さす水に空を映して

「わが命惜し」と題して語りたり節の恋を節の四季を

年々を訪いて愛でにき広らなる水張田の石下、早苗の石下

天守閣空に聳える豊田城避難所となりテレビに映る

茨城は稲田広国　こよなしと明治三十五年の長塚節

長塚節文学賞は宙吊りとなりて手許にしばらくは置く

鬼怒川が映して空と水の秋　秋の奥処《おくど》へ水潜りゆく

あとがき

「現代短歌」の創刊にあたって二十首の作品連載をという提案が現代短歌社からあり、ありがたく機会をいただいた。二〇一三年九月号からのその八回連載分が今回の第一部である。

この間、私の生活には小さくない変化があった。山梨県立文学館の仕事もその一つである。文学館のある甲府は私の故郷だから、月に五回の文学館通いは旧交を温めたり、南アルプスなど山々の四季折々を楽しむ機会にもなっている。そうした日々が今回の作品にも少々反映している。

文学館とミレーで評判の県立美術館は同じ芸術の森公園にあるから、時間を見つけて美術館にも足を運んでいる。「ハーグ派」はその「オランダ・ハーグ派展」に触発された一連で、ハーグ派が描く野と空と地平は十九世紀の彼らしか描けない世界があることを教えている。それはまた、新しさとはなにかと私に問いかけているようにも感じる。

本集の巻頭に置いた「白樺」も文学館から足を伸ばして清春芸術村を訪ねた折りのものである。清春白樺美術館には偶然にも吉井長三理事長が在館、美術館のもろもろを教えていただく機会にも恵まれた。「ウチの学芸員が文学館に移ったんですよ」とも伺い、その学芸員の有能な仕事ぶりがしばし二人の話題になったことも楽しい思い出である。

第二部は前歌集『上弦下弦』以降の「りとむ」作品を取捨選択したものである。私の暮らしの折々はこちらにより色濃く反映しているのではないか。巻末の「石下二〇一五年」の茨城県常総市石下は長塚節の故郷である。私は長塚節文学賞の選考を担当しており、毎年石下を訪れ、視野の限りの水田風景を楽しんできた。しかし昨年九月に鬼怒川が氾濫、その豊かな風景を根こそぎ浚っていった。鬼怒川を愛しよく詠った節の里は今なお困難の中にあり、思いはおの

ずからさらに深刻な困難を抱えながら苦闘している東北の人々に及ぶ。

粗雑な言葉を撒き散らして恥じない政治家が目立つ昨今、時代はいよいよ強張り、難しくなって行く。こうした事態に短歌は無力だが、非力には非力なりの時代の見つめ方があり、その小さな力を信じたい。

歌集名には特別の思い入れはない。今回はごく平たいネーミングをという気持ちからの選択である。

現代短歌社の道具武志社長、担当の真野少氏にあらためてお礼申し上げる。また間村俊一氏がはじめて装幀で支えて下さることもうれしい。私を常に励ましてくれる歌誌「りとむ」の仲間にも感謝の気持ちを伝えたい。

二〇一六年三月五日

三枝昂之

りとむコレクション97

歌集　それぞれの桜

平成28年４月15日　第１刷発行
平成29年５月26日　第２刷発行

著　者　三　枝　昻　之
発行人　真　野　　少
印　刷　㈱キャップス
発行所　**現代短歌社**

〒113-0033　東京都文京区本郷1-35-26
振替口座　00160-5-290969
電　話　03（5804）7100

定価2500円（本体2315円＋税）
ISBN978-4-86534-154-6 C0092 ¥2315E